EL CAPITÁN CALZONCILLOS
Y EL ATAQUE DE LOS
INODOROS PARLANTES

EL CAPITÁN CALZONCILLOS Y EL ATAQUE DE LOS ¡INODOROS PARLANTES

TRA-LA-LAAAA

Otra novela épica de

DAV PILKEY

SCHOLASTIC INC.
New York Toronto London Auckland
Sydney Mexico City New Delhi Hong Kong

Originally published in English as *Captain Underpants and the Attack of the Talking Toilets*.

This book was originally published in English in hardcover by the Blue Sky Press in 1999.

ISBN 978-0-439-31736-8

Copyright © 1999 by Dav Pilkey.
Translation copyright © 2000 by Ediciones SM, Joaquín Turina 39, 28044 Madrid, Spain.

18 17 16 15 14 13   9 10 11 12 13 14/0

Printed in the U.S.A.   40
First Scholastic Spanish printing, September 2001

A ALAN BOYKO

CAPÍTULOS

Este... hola. Antes de que lean este libro hay unas cuantas cosas que deben saber... Así que Berto y yo hicimos este folleto informativo para tenerlos al tanto de los detalles.
Por favor, no permitan que este cuento caiga en malas manos.

CUENTOS
CASAENRAMA, S.A.

CAPÍTULO 1

JORGE Y BERTO

Estos son Jorge Betanzos y Berto Henares.
Jorge es el chico de la izquierda, con camisa y
corbata. Berto es el de la derecha, con
camiseta y un corte de pelo espantoso.
Recuérdenlos bien.

Según con quién hablen, probablemente les dirían de Jorge y Berto cosas totalmente distintas.

La señora Pichote, su maestra, es fácil que les dijera que Jorge y Berto son *indisciplinados* y que sufren una *disfunción de la conducta*.

Su profesor de gimnasia, el señor Magrazas, quizás añadiría que necesitan con urgencia un serio *reajuste de actitudes*.

Su director, el señor Carrasquilla, seguramente incluiría más expresiones selectas, como *insumisos, criminalmente revoltosos y "voy a ajustarles las cuentas a esos dos aunque sea lo último que…"*. Bueno, ya me entienden.

Pero, si les preguntaran a sus padres, probablemente les dirían que Jorge y Berto son listos y amables y que tienen muy buen corazón... aunque a veces sean un poquito insensatos.

Yo estoy de acuerdo con sus padres.

MUEBLES
TARUGUEZ
VEA NUESTRA
DESCOMPOSICIÓN
ANUAL

ET

Aunque reconozco que su insensatez les ha creado a veces un montón de problemas. ¡Incluso una vez les creó un problema tan gordo que, sin proponérselo, estuvieron a punto de destruir todo el planeta con un ejército de diabólicos y feroces inodoros parlantes!

Pero antes de contarles esa historia, les tengo que contar *esta otra...*

CAPÍTULO 2

ESTA HISTORIA

Una preciosa mañana, Jorge y Berto acababan de salir de su clase de recuperación de gimnasia de cuarto grado en la Escuela Primaria Jerónimo Chumillas, cuando vieron un gran cartel junto a la entrada.

Era el anuncio de la segunda Convención Anual de la Invención.

SEGUNDA CONVENCIÓN ANUAL DE LA INVENCIÓN

GRAN PREMIO

Jorge y Berto tenían gratos recuerdos de la convención del año anterior, pero esta vez iba a ser algo distinta. El que ganase el primer premio sería "Director por un día".

—¡Mira! —dijo Jorge—. ¡El que sea director podrá dictar sus propias reglas durante todo el día y toda la escuela tendrá que cumplirlas!

—¡Este año *tenemos* que ganar el primer premio! —exclamó Berto.

En ese momento apareció el señor Carrasquilla, el director de la escuela de Jorge y Berto, en persona.

—¡AJÁ! —vociferó—. ¡Apuesto a que no están tramando nada bueno!

—Nada de eso —dijo Jorge—. Sólo estábamos leyendo lo del concurso de este año.

—¡Eso! —dijo Berto—. ¡Vamos a ganar el premio del concurso y seremos directores por un día!

—¡Ja, ja, ja, ja, ja! —se rió el señor
Carrasquilla—. ¿De verdad creen que voy a
permitir que participen en el concurso de este
año después de lo que hicieron en la
Convención de la Invención del año pasado?

Jorge y Berto sonrieron al recordar la
primera Convención Anual de la Invención...

CAPÍTULO 3
VUELTA ATRÁS

Un año antes, día más, día menos, todos los alumnos de la Escuela Primaria Jerónimo Chumillas estaban reunidos en el gimnasio para asistir a lo que después se conoció como "El incidente de las sillas pegajosas", cuando a Jorge y Berto les tocó hacer uso del micrófono.

—Señoras y señores —dijo Jorge—, ¡Berto y yo hemos inventado algo que, se lo garantizo, va a dejarlos a todos ustedes *pegados a sus asientos*!

—Exacto —dijo Berto—. Lo llamamos *cola*.

El señor Carrasquilla se enfureció.

—¡La cola no la han inventado ustedes ni por asomo! —gritó, y se levantó para quitarles el micrófono a Jorge y Berto. Su silla se levantó con él. El gimnasio entero se echó a reír.

La señorita Antipárrez, secretaria de la escuela, se levantó para ayudar a despegarle la silla de los pantalones al señor Carrasquilla. Su silla también se levantó con ella. Todo el público se rió con más fuerza.

Los otros maestros se levantaron y...
—¡adivinaron!— también estaban pegados a
sus sillas. Todos se morían de risa.

Un niño se levantó para ir al cuarto de baño
y su silla se levantó con él también. El público
empezó a reír con menos fuerza. Los espectadores probaron sus sillas y bruscamente la risa
cesó por completo. Todos y cada uno estaban
pegados a sus asientos.

En realidad, aunque no era cierto que Jorge
y Berto hubiesen inventado la cola, sí que
habían inventado una nueva clase de cola. Con
una sencilla mezcla de goma arábiga y jugo
concentrado de naranja habían obtenido una
cola de secado rápido que se activaba con el
calor corporal. Y a primera hora de la mañana
habían aplicado su cola especial a todos y cada
uno de los asientos (menos a los suyos).

Ahora todos en el gimnasio hervían de ira y
miraban furiosos a Jorge y Berto.

—Tengo una idea —dijo Jorge.

—¿Cuál? —preguntó Berto.

—¡¡¡CORRER!!! —chilló Jorge.

Jorge y Berto sonreían de oreja a oreja al recordar su insensato invento y el caos que había provocado.

—¡Qué genial fue aquello! —dijo Berto, riendose a carcajadas.

—¡Síí! —rió Jorge—. ¡Va a ser muy difícil superarlo este año!

—Me temo que este año no van a tener esa oportunidad —dijo el señor Carrasquilla, sacando una lupa y poniéndola ante la letra pequeña del cartel.

"El concurso está abierto a todos los alumnos de tercero y cuarto EXCEPTO Jorge Betanzos y Berto Henares..."

—¿Quiere decir que no podremos participar en el concurso? —preguntó Berto.

—Peor aún —se rió el señor Carrasquilla—. Este año, muchachos, ni siquiera podrán asistir a la convención. ¡Los voy a tener el día entero haciendo horas de repaso extra en la sala de estudio! —y el señor Carrasquilla dio media vuelta y se marchó riendo triunfalmente.

—¡Qué horror! —dijo Berto—. ¿Y qué vamos a hacer ahora?

—Tranquilo —dijo Jorge—, ya sabes el viejo dicho: ¡si no puedes unirte a ellos, derrótalos!

CAPÍTULO 4

EL INVENTO

MANZANA ELÉCTRICA

ZAPATO AUTO- MÁTICO

CHATI 2000

Nada más caer la tarde de aquel día, Jorge y Berto volvieron con su material a la escuela y se colaron cautelosamente en ella. Se deslizaron hasta el gimnasio y echaron una mirada al interior.

—Creo que todavía hay alguien ahí dentro —susurró Berto.

—Sí, pero sólo es Gustavo Lumbreras —dijo Jorge.

Gustavo era el cerebrito de la escuela. Estaba ocupadísimo dando los toques de última hora a su nuevo invento para el concurso.

—Deberíamos esperar aquí hasta que termine —susurró Berto.

—Nada de eso —dijo Jorge—. ¡Podría pasarse aquí toda la noche! Será mejor acercarse y hablar con él.

Cuando Gustavo vio acercarse a Jorge y Berto se preocupó.

—¡Vaya por Dios! —dijo—. Apuesto a que han venido a enredar los inventos de los demás.

—Bien sospechado —dijo Jorge—. Escucha, te prometemos no enredar tu invento si nos prometes no decir a *nadie* que nos has visto aquí esta noche.

Gustavo miró su invento con devoción y accedió de mala gana.

—Bueno, lo prometo —dijo.

—Estupendo —dijo Jorge—. A propósi-
to, ¿en qué consiste este invento tuyo?
Parece una copiadora.

—Bueno, era una copiadora —dijo
Gustavo—, pero le he hecho algunas modificaciones importantes. Ahora es un invento
que va a revolucionar el mundo. Lo he lla-
mado CHATI 2000.

—¿Va a revolucionar el mundo y lo lla-
mas CHATI? —preguntó Berto.

—Sí —dijo Gustavo—. CHATI son las
iniciales de Cibercopiadora Hipo-
Atomizarandeante Transglobulímica
Infravioletomacroplastosa.

—Si lo sé, no pregunto —dijo Berto.

CHATI 2000

TETERA
AUTOMÁTICA

—Permítanme que les haga una demostración —dijo Gustavo—. La CHATI 2000 puede captar cualquier imagen unidimensional y producir una réplica tridimensional de esa imagen vivita y coleando. Por ejemplo, miren esta foto corriente de un ratón.

Gustavo colocó la foto del ratón sobre la pantalla de cristal de la CHATI 2000 y apretó el botón de arranque.

Las luces del gimnasio se atenuaron mientras la CHATI 2000 pareció absorber de pronto toda la energía eléctrica de la escuela. Enseguida la máquina se puso a vibrar y a zumbar con fuerza y empezaron a saltar por debajo pequeñas chispas de electricidad estática.

—Espero que no explote —comentó Berto.

—¡Bah, esto no es *nada*! —dijo Gustavo—. ¡Tendrían que haber visto cómo reaccionó la CHATI 2000 cuando copié un perrito faldero!

Por fin, después de una serie de destellos y de sonidos estrepitosos, la máquina se detuvo. Se oyó un pequeño *ding* y un ratoncito se asomó por la escotilla lateral de la CHATI 2000 y saltó al suelo.

—¿No es maravilloso? —exclamó Gustavo.

Jorge observó detenidamente al ratón.

—Es un truco estupendo —dijo riendo—. Por un momento lo creí de veras.

—¡No es *ningún* truco! —chilló Gustavo—. ¡La CHATI 2000 convierte fotos en seres vivos *auténticos*! ¡Incluso he creado seres vivos a partir de *cuadros y dibujos*!

—¡Pues vaya! —se rió Berto—. ¡Y yo que creía que los mentirosos éramos *nosotros*...!

Jorge y Berto se marcharon riéndose entre dientes. Era hora de ponerse a hacer algo de más fundamento.

CAPÍTULO 5

ALGO DE MÁS FUNDAMENTO

Jorge y Berto se dirigieron al otro lado del gimnasio, abrieron sus mochilas y empezaron a trabajar.

Jorge se ocupó de cambiar de dirección todos los rociadores del lavaperros automático mientras Berto llenaba de tinta china el depósito de jabón.

LAVAPERROS AUTOMÁTICO

PING-PONG -SACA- MATIC

DETECTOR DE VOLCANES

Después se dirigieron al detector de volcanes.

—¿Me pasas la bolsa grande de crema pastelera y un destornillador de estrella, por favor? —pidió Berto.

—Voy —dijo Jorge mientras, con mucho cuidado, metía unos huevos en el Ping-Pong Saca-Matic.

CAPÍTULO 6
LA CONVENCIÓN DE LA INVENCIÓN

El día siguiente amaneció radiante y soleado. Los alumnos y maestros fueron entrando en el gimnasio y examinaron sus asientos con mucho cuidado antes de sentarse.

—Bienvenidos —dijo el señor Carrasquilla de pie junto al micrófono—. Hoy no tienen que preocuparse por ningún asiento pegajoso —prosiguió—. He tomado medidas para asegurarme de que esta Convención de la Invención no sea un desastre como la del año pasado.

Todos se acomodaron en sus sillas mientras Feliciana Socarrat, una niña de tercero, subió al estrado para hacer la demostración de su Lavaperros Automático.

—Primero —dijo Feliciana—, se pone el perro en el cubo. Y luego se aprieta este botón.

Feliciana apretó el botón de arranque. Al principio no pasó nada. Pero de repente brotaron con fuerza numerosos chorros de tinta negra que rociaron a los espectadores.

Todos (menos el perro) quedaron empapados mientras Feliciana intentaba desesperadamente cerrar los rociadores.

—¡No puedo pararlo! —gritó—. ¡Alguien ha cambiado la dirección de los rociadores!

—¿Quién puede haber sido? —se preguntó el señor Carrasquilla.

El siguiente en subir fue Dioni Cuadrillero, con su Ping-Pong Saca Matic. Puso en marcha la máquina y esta empezó inmediatamente a lanzar huevos de tamaño extra, clase A, sobre los espectadores.

"¡Flopp!-¡Flopp!-¡Flopp!-¡Flopp!-¡Flopp!", hacía la máquina.

"¡Plaff!-¡Plaff!-¡Plaff!-¡Plaff!-¡Plaff!", hacían los huevos.

—¡No puedo parar la máquina! —gritó Dioni—. ¡Alguien ha atascado el botón de control con un alambre!

—¿Quién puede haber sido? —se preguntó el señor Carrasquilla.

El Detector de Volcanes de Boliche Gangoso fue otro gran fracaso. Cuando Boliche conectó los circuitos a la pila de nueve voltios, un gran muelle (que alguien había encajado en el interior de su volcán en miniatura) lanzó al aire una bolsa de plástico gigante llena de crema.

La bolsa aterrizó en algún punto entre la tercera y la cuarta fila. ¡Chaafff!

—¡Eeeh! —aulló Boliche— ¡Alguien puso crema en mi volcán!

—¿Quién puede haber sido? —se preguntó el señor Carrasquilla.

El resto del día transcurrió más o menos igual, con gente que gritaba cosas como: "¡Eh! ¿Quién puso copos de avena en mi secador de pelo de energía solar?" o "¡Eh! ¿Quién soltó los ratones que había en las ruedas de mi triciclo de tracción animal?".

No pasó mucho rato antes de que todo el mundo se marchara del gimnasio y la segunda Convención Anual de la Invención tuviera que ser suspendida.

—¿Cómo ha podido ocurrir algo así? —vociferaba el señor Carrasquilla mientras se limpiaba la cara y la camisa de chocolate derretido, virutas de sacapuntas y sopa de champiñones—. ¡Jorge y Berto han estado todo el día en la sala de estudio! ¡Los he llevado allí yo mismo!

—Ejem, disculpe, señor Carrasquilla —dijo Gustavo Lumbreras—. Creo que tengo respuesta a su pregunta.

CAPÍTULO 7

¡CAZADOS!

"¡CRASH!", hizo la puerta de la sala de estudio. El señor Carrasquilla, que le había dado una patada, entró enloquecido en la habitación. Jorge y Berto no lo habían visto tan enojado jamás.

—¡ESTA VEZ NO LOS SALVA NADIE, muchachos! —gritó—. ¡Los voy a tener a los dos en DETENCIÓN PERMANENTE DURANTE TODO EL AÑO ESCOLAR!

—¡Un momento! —exclamó Jorge—. ¡No tiene usted ninguna prueba!

—Eso es —dijo Berto—. ¡Hemos estado aquí todo el día!

El señor Carrasquilla sonrió diabólicamente y miró hacia la puerta.

—¡Pasa, Gustavo! —dijo.

Gustavo Lumbreras entró en la habitación cubierto de mostaza, cáscaras de huevo y ralladuras de coco.

—Han sido ellos —dijo Gustavo apuntando con el dedo a Jorge y Berto—. ¡Los vi anoche en el gimnasio!

—¡Gustavo! —exclamó Jorge, horrorizado—. ¡Nos lo prometiste!

—He cambiado de idea —dijo Gustavo sonriendo con suficiencia—. ¡Que lo pasen bien con la detención permanente!

CAPÍTULO 8

LA DETENCIÓN POR LA CONVENCIÓN DE LA INVENCIÓN

Después de clase, el señor Carrasquilla llevó a Jorge y Berto a un salón de clases y escribió una frase muy larga en uno de los pizarrones.

—A partir de hoy —rugió—, cuando acaben las clases estarán dos horas diarias copiando estas líneas sin descanso. ¡Quiero que llenen todos los pizarrones de este salón!

De camino hacia la puerta, el señor Carrasquilla se volvió y dijo con una sonrisa maligna:

—¡Y si uno de ustedes sale de aquí por cualquier motivo, los expulsaré a los dos!

Como ya habrán supuesto, este tipo de castigo no era cosa nueva para Jorge y Berto. Los dos chicos esperaron a que el señor Carrasquilla saliera y luego cada uno sacó de su mochila cuatro varillas de madera encajables. En las varillas habían taladrado unos agujeros con las herramientas del taller de carpintería del padre de Jorge.

Jorge encajó las varillas unas en otras mientras Berto colocaba un trozo de tiza en cada agujero.

Carrasquilla.
Carrasquilla.
Carrasquilla.
Carrasquilla.
Carrasquilla.
Carrasquilla.
Carrasquilla.
Carrasquilla.
Carrasquilla.
Carrasquilla.
Carrasquilla.
Carrasquilla.

Nunca jamás
Nunca jamás
Nunca jamás
Nunca jamás
Nunca jamás
Nunca jamás
Nunca jamás
Nunca jamás
Nunca jamás
jamás
jamás
jamás

Luego, cada uno agarró una de las varas largas y empezó a copiar las líneas del señor Carrasquilla. ¡Cada vez que escribían una línea, las varas largas hacían doce!

Al cabo de tres minutos y medio todos los pizarrones del salón estaban completamente llenos.

Jorge y Berto se sentaron y admiraron su obra.

—Ahora nos queda un montón de tiempo libre —dijo Jorge—. ¿Se te ocurre alguna idea?

—¿Por qué no hacemos un cuento nuevo? —propuso Berto.

Y así fue como los dos chicos, tras sacar lápiz y papel, crearon una nueva aventura de su superhéroe favorito. La titularon: "El Capitán Calzoncillos y el ataque de los inodoros parlantes".

CAPÍTULO 9

EL CAPITÁN CALZONCILLOS Y EL ATAQUE DE LOS INODOROS PARLANTES

Por Jorge Betanzos
y
Berto Henares

CUENTOS
CASAENRAMA,
S.A.

CAPÍTULO 10

UN GRAN ERROR

Jorge y Berto estaban sentados uno junto al otro en el salón de detención, leyendo su último cuento y radiantes de satisfacción.

—Tenemos que ir a la secretaría y hacer copias —propuso Jorge—, para venderlas mañana en el recreo.

—No podemos —dijo Berto—. El señor Carrasquilla ha dicho que nos expulsaría si nos pescaba fuera de aquí.

—Pues no dejaremos que nos pesque —aseguró Jorge.

EL CAPITÁN CALZONCILLOS Y
EL ATAQUE DE
LOS INODOROS PARLANTES

Jorge y Berto salieron sigilosamente del
salón y se arrastraron por el vestíbulo hasta la
secretaría.

—¡Vaya! —se lamentó Berto—. Ahí dentro
hay un grupo de maestros. No vamos a poder
usar la copiadora.

—Déjame pensar... —dijo Jorge—. ¿No hay
más copiadoras en esta escuela?

—¿Qué te parece la que tenía Gustavo en el
gimnasio? —preguntó Berto.

—¡Pues claro!

Jorge y Berto se deslizaron hasta el gimnasio: allí estaba la CHATI 2000.

—Me pregunto si esta máquina todavía hará copias... Gustavo comentó que le había hecho algunas modificaciones —comentó Berto.

—Bah, seguro que le metió un ratón dentro para tomarnos el pelo —dijo Jorge—. Es un truco más viejo que Maricastaña. Estoy convencido de que la máquina sigue haciendo copias normales.

Jorge colocó la portada del nuevo cuento boca abajo sobre la pantalla y apretó el botón de arranque.

Inmediatamente se atenuaron las luces de toda la escuela y la CHATI 2000 empezó a dar unas sacudidas y unos golpazos terroríficos. Gigantescas chispas de electricidad estática saltaron desde la base de la máquina mientras un gran remolino de aire brotaba de la parte superior. Todos los papeles sueltos y objetos pequeños que había en el recinto empezaron a ser aspirados por el vendaval y a arremolinarse sobre la CHATI 2000 con la furia de un ciclón.

—¡Creo que no está funcionando como es debido! —gritó Jorge.

Por fin, después de una serie de destellos y de sonoros estampidos, el ruido, las chispas y el viento cesaron de golpe. El único sonido audible era el de algo que gruñía y arañaba dentro del abollado y maltrecho bastidor de la CHATI 2000.

—Suena como si algo estuviera vivo ahí dentro —opinó Berto.

Jorge se apoderó del cuento, que aún estaba en la máquina, y gritó:

—¡Vámonos de aquí!

En aquel momento se oyó un ligero *ding* y por la ventanita lateral de la CHATI 2000 salió un inodoro entero y verdadero, de tamaño natural, blanco y reluciente. Tenía unos dientes agudos y afilados y en sus ojos furibundos brillaban unas hinchadas venas rojizas.

"ÑAM, ÑAM, ¡VAYA MERIENDA!", gritó el diabólico inodoro.

Casi inmediatamente salió otro inodoro parlante, seguido por otro, y otro, y otro. Todos ellos gritaban: "ÑAM, ÑAM, ¡QUÉ MERIENDA!".

—¡Ay, NO! ¡¡¡Gustavo NO mentía!!! ¡La Cibercopiadora Hipo-Atomizarandeante Transglobulímica Infravioletomacroplastosa produce DE VERDAD réplicas tridimensionales vivitas y coleando a partir de imágenes unidimensionales! —gritó Berto sin que se le trabara la lengua.

—Tengo una idea —dijo Jorge.

—¿Cuál? —preguntó Berto.

—¡CORRER! —chilló Jorge.

CAPÍTULO 11

LA EXPULSIÓN TRAS
LA DETENCIÓN POR
LA CONVENCIÓN
DE LA INVENCION

Jorge y Berto salieron disparados del gimnasio dando alaridos y cerraron la puerta a cal y canto.

—¡¡¡AJÁ!!! —aulló el señor Carrasquilla, que venía por el vestíbulo— ¡Se escaparon del aula de detención! ¿Saben lo que eso quiere decir, verdad?

—¡No ha sido culpa nuestra! —exclamó Berto.

—¡Los dos están oficialmente EXPULSADOS! —chilló el señor Carrasquilla.

—¡Espere! —gritó Jorge— ¡Tiene que escucharnos! Detrás de esta puerta hay un terrible ejército de inodo...

GIMNASIO

—Muchachos, no tengo por qué volver a
escucharlos en toda mi vida —se rió el señor
Carrasquilla—. ¡Así que ya recojan sus cosas y
lárguense de esta escuela!

—Pe... pero... —tartamudeó Berto—, trate
de compren...

—¡¡¡LARGO DE AQUÍ!!! —vociferó el señor
Carrasquilla.

Jorge y Berto se dirigieron rezongando hacia
sus casilleros para recoger sus cosas.

—¡Pues vaya...! —dijo Berto—. En un solo
día hemos conseguido una detención y una
expulsión, y además hemos creado un ejército
de inodoros parlantes asesinos que quieren
apoderarse del mundo. Ojalá que las cosas no
se pongan todavía peor.

CAPÍTULO 12

LAS COSAS SE PONEN PEOR

La noticia de que Jorge y Berto habían sido expulsados se extendió velozmente hasta la secretaría. Los maestros se precipitaron fuera dando gritos de entusiasmo y burlándose de los dos chicos.

—Así que por fin se metieron en un buen lío... —dijo la señorita Antipárrez con risita de conejo—. ¡Me muero de ganas de llamar a sus padres para darles la noticia!

—¡Demos una fiesta en el gimnasio!
—exclamó el señor Magrazas.

—¡NOOO! —gritó Jorge—. ¡Pase lo que pase,
que NO abra nadie la puerta del gimnasio!

—Haremos lo que nos dé la gana —gruñó el
señor Magrazas abalanzándose sobre la puerta
del gimnasio—. ¿Ven cómo abro la puerta? —y
abrió la puerta del gimnasio de par en par.

—¿Ven ahora cómo la cierro? —siguió.

—Y la vuelvo a abrir. Y la vuelvo a...
¡AAAAAAHHHHHH blblblblb glup!

Un inodoro asesino había introducido sus
fauces por la puerta entornada... Se lanzó sobre
el señor Magrazas y se lo tragó entero de un
bocado. ¡Flosssh!, sonó el desagüe.

Los inodoros parlantes salieron por las puertas
abiertas del gimnasio e invadieron el vestíbulo.

"ÑAM, ÑAM, ¡QUÉ MERIENDA!", bramaban a
coro. "ÑAM, ÑAM. ¡QUÉ MERIENDA!"

Los profesores no podían creer lo que estaban viendo. Dando chillidos, salieron corriendo para salvar el pellejo. Sólo el señor Carrasquilla, la señora Pichote, Jorge y Berto se quedaron donde estaban, paralizados por el terror. De pronto, la señora Pichote, señalando a los inodoros, chasqueó los dedos:

¡CHASC!

—¡Fuera de aquí! —aulló—. ¡Fuera de aquí ahora mismo!

Pero los inodoros no le hicieron caso. Se acercaron más y más.

Por fin, la señora Pichote se dio la vuelta y corrió. En cambio, el señor Carrasquilla seguía allí como pasmado, Jorge y Berto lo miraron.

—Ay, no —dijo Berto—. La señora Pichote chasqueó los dedos, ¿verdad?

—Pues sí —confirmó Jorge—. ¡Y ahora es cuando se va a armar la gorda!

Jorge tenía razón. Porque para entonces el señor Carrasquilla ya había empezado a transformarse. Se le dibujó una boba sonrisa heroica en la cara y se plantó desafiante frente al enemigo.

—¡Yo los detendré, miserables! —dijo con intrepidez—. ¡¡¡Pero antes necesito munición!!!

El señor Carrasquilla se volvió y salió corriendo hacia su despacho. Jorge y Berto corrieron tras él.

—¿Por qué tuvo que chasquear los dedos la señora Pichote? —gritó Berto—. ¿Por qué?

—¡No te preocupes ya por eso! —respondió Jorge—. ¡El señor Carrasquilla está transformándose en el Capitán Calzoncillos! ¡Tenemos que echarle agua en la cabeza antes de que sea demasiado tarde!

CAPÍTULO 13

¡DEMASIADO TARDE!

Cuando Jorge y Berto llegaron al despacho del director, sólo encontraron su ropa, sus zapatos y su peluquín tirados por el suelo.

—Mira —dijo Berto—. La ventana está abierta y falta una de las cortinas rojas.

—¿Y qué hacemos ahora? —preguntó Jorge—. ¿Salvamos al Capitán Calzoncillos o nos quedamos aquí para que nos devore una jauría de inodoros?

—Mmmm... ¡deja que lo piense! —dijo Berto mientras se encaramaba a la ventana.

Jorge recogió rápidamente las cosas del señor Carrasquilla y las metió en su mochila. Luego, saltó por la ventana también. Los dos chicos se deslizaron por el asta de la bandera y salieron corriendo tras el Capitán Calzoncillos.

—¿Adónde creerá que va? —se preguntó Jorge.

—No tengo la menor idea —dijo Berto—. ¡Pero será mejor que salgamos corriendo porque creo que nos están siguiendo!

El Capitán Calzoncillos pasó como un rayo por los patios traseros de unas cuantas casas vecinas y se apoderó de todos los calzoncillos que había colgados a secar.

—Mamá —dijo un niño pequeño que miraba por la ventana—, un hombre con una capa roja acaba de robar nuestra ropa interior de la cuerda.

—Y ahora un inodoro de aspecto feroz y
con dientes puntiagudos y afilados va per-
siguiendo a dos niños mientras grita: "Ñam,
ñam, ¡qué merienda!".

—¡Qué interesante! —se burló su madre—.
Seguro que a mí también querrá hincarme el
diente, ¿no crees?

CAPÍTULO 14

LOS INODOROS PARLANTES SE HACEN LOS AMOS

Cuando terminó de apoderarse de la ropa interior de los ciudadanos del barrio, el Capitán Calzoncillos regresó veloz a la Escuela Primaria Jerónimo Chumillas dispuesto a la victoria final.

La escuela estaba en pleno caos. La señora Pichote, perseguida por varios inodoros antropófagos, llegó corriendo hasta la puerta.

—¡Ayúdeme! —gritó—. ¡Se han tragado a todos los profesores del edificio menos a mí!

—No se preocupe, señora. No permitiré que se la coman —dijo el Capitán Calzoncillos mientras uno de los inodoros se la comía.

—¡Vaya por Dios! —se lamentó el Capitán Calzoncillos.

Ya sólo quedaban Jorge, Berto y el capitán. Estaban en la entrada de la escuela, completamente rodeados de inodoros hambrientos y babeantes.

"ÑAM, ÑAM, ¡QUÉ MERIENDA!" coreaban los inodoros parlantes. "ÑAM, ÑAM, ¡QUÉ MERIENDA! ÑAM, ÑAM, ¡QUÉ MERIENDA! ÑAM, ÑAM, ¡QUÉ MERIENDA!"

—*¡Estamos perdidos!* —gritó Berto.

—¡Jamás hay que despreciar el poder de la ropa interior! —voceó el Capitán Calzoncillos mientras empezaba a tirar y disparar calzoncillos a las bocas expectantes de los pérfidos inodoros.

Desgraciadamente, los inodoros se limitaron a tragarse los calzoncillos enteros sin masticar. Parecía que eso los volvía cada vez más hambrientos.

—Ojalá se nos ocurriera algo que les diera auténticas náuseas —dijo Jorge.

—Eso es —convino Berto—. ¡Algo tan repelente y tan asqueroso que los hiciera retorcerse de dolor y echar las tripas!

De pronto los rostros de Jorge y Berto se iluminaron.

—¡COMIDA DEL COMEDOR! —gritaron a dúo. Y, más rápidos que unos turbocalzones, nuestros tres héroes corrieron hacia la puerta de la escuela.

CAPÍTULO 15

¡EL PICADILLO DE CARNE CONTRAATACA!

Jorge, Berto y el Capitán Calzoncillos llegaron sanos y salvos al interior de la escuela y cerraron la puerta principal tras ellos.

—Creo que todos los inodoros se han quedado afuera —dijo Jorge.

—Pero no por mucho tiempo —murmuró Berto.

Corrieron a la cocina y encontraron un carrito sobre el que había una gran olla que contenía una sustancia parduzca y viscosa.

—¡Puaj! —dijo Jorge apretándose la nariz con los dedos—. ¿Qué es esa cosa?

—Creo que la comida de mañana —respondió Berto.

—¡Perfecto! —dijo Jorge—. ¡Jamás hubiera creído que me alegraría de ver un picadillo de carne!

Entre los tres empujaron a través del vestíbulo el carrito con la olla llena del maloliente puré y lo sacaron por la puerta lateral de la escuela. El Capitán Calzoncillos se sentó en el carrito y estiró un calzoncillo por encima de su cabeza como si fuera un tiragomas.

Jorge puso el contenido de un cucharón de comida en el calzoncillo y tiró del elástico hacia atrás. Berto dirigió el carrito hacia los inodoros parlantes.

—¡¡¡Tatata-chááááán!!! —voceó el Capitán Calzoncillos.

Los inodoros parlantes se dieron la vuelta, vieron a nuestros tres héroes y gritaron a coro: "ÑAM, ÑAM, ¡QUÉ MERIENDA!"

¡CHOF!

Berto atravesó el patio empujando el carrito, perseguido de cerca por los inodoros.

—¡Fuego el uno! —gritó el Capitán Calzoncillos.

Jorge disparó una ración de picadillo a las fauces del primer inodoro. Este se la tragó entera.

Berto siguió empujando mientras Jorge cargaba otra cucharada en el calzoncillo y tiraba de él.

—¡Fuego el dos! —gritó el Capitán Calzoncillos.

Y, ¡zas!, la comida fue a parar a la boca del
segundo inodoro.

El proceso se repitió una y otra vez, hasta que el
último inodoro se tragó por lo menos dos raciones
de picadillo de carne.

—¡Estamos ya casi sin munición! —gritó el
Capitán Calzoncillos.

—Y yo ya no tengo fuerzas para seguir corriendo
—jadeó Berto.

—No importa... ¡Miren! —dijo Jorge señalando
los inodoros.

Todos se habían detenido, gimiendo y tambaleán-
dose. Ponían los ojos en blanco y estaban adquirien-
do una extraña coloración verdosa.

—¡Eh! —gritó Berto—. ¡Creo que van a arrojar hasta las tripas!

Y eso fue precisamente lo que hicieron.

Jorge, Berto y el Capitán Calzoncillos vieron cómo los inodoros vomitaban todo lo que habían comido durante el día. El picadillo, los calzoncillos, incluso a los maestros..., todo volvió a salir sin un rasguño.

Luego, los inodoros giraron sobre sí mismos en pequeños círculos y cayeron al suelo, muertos.

Jorge inspeccionó a los maestros.

—¡Están vivos! —gritó—. ¡Inconscientes pero vivos!

—Vaya —dijo Berto—. ¡Pues resultó fácil!

—Demasiado fácil —dijo Jorge.

—¿Qué quieres decir? —preguntó Berto.

Jorge sacó de su mochila el cuento que habían hecho y se lo enseñó a Berto.

—¿Te acuerdas de que la CHATI 2000 convirtió en seres vivos todo lo que pusimos en la portada de nuestro cuento?

—Sí, ¿y qué? —dijo Berto.

—Bueno —contestó Jorge señalando al Inodoro-Turbotrón 2000 de la portada del cuento—. ¡Pues que a éste todavía no lo hemos visto!

CAPÍTULO 16

EL INODORO-TURBOTRÓN 2000

Súbitamente, con un espantoso ¡CRASH!, el Inodoro-Turbotrón 2000 salió por la puerta de la escuela como un huracán. La tierra temblaba bajo las poderosas zancadas de la tonelada de acero en movimiento y cerámica que se les venía encima a nuestros héroes.

—¡Trío de insensatos entrometidos! ¡Han destruido mi ejército de inodoros parlantes...
—rugió el Inodoro-Turbotrón 2000—, pero se les ha agotado la comida del comedor! ¿Qué piensan hacer ahora para detenerme a MÍ?

—Te lo explicaré —dijo el Capitán Calzoncillos—. ¡Voy a usar mis superpoderes superelásticos!

—¡Un momento, Capitán Calzoncillos! —gritó Jorge—. ¡No puede luchar contra ese monstruo! ¡Lo hará pedazos!

—¡Muchachos —dijo el Capitán Calzoncillos con gallardía—, mi deber es luchar por la Verdad, por la Justicia y por todo lo que es de algodón inencogible.

Y el Capitán Calzoncillos saltó sobre el Inodoro-Turbotrón 2000. La gran batalla acababa de empezar.

—Espero que no tengamos que recurrir a la máxima violencia gráfica —comentó Berto.

—Ojalá —dijo Jorge.

CAPÍTULO 17

CAPÍTULO DE LA MÁXIMA VIOLENCIA GRÁFICA 1ª PARTE (EN FLIPORAMA™)

ADVERTENCIA

El capítulo que sigue contiene escenas de gran crudeza en las que un hombre en ropa interior lucha con un inodoro gigante.

Les recomendamos que no intenten esto en casa.

Esto es FLiP O

Hasta el día de hoy se han escrito cientos de novelas épicas que cambiaron el curso de la Historia: *Moby Dick, Lo que el viento se llevó y,* naturalmente, *¡El Capitan Calzoncillos y el ataque de los inodoros parlantes!*

La única diferencia entre nuestra novela y esas otras de marcas sin garantía es que la nuestra es la nica que se toma la molestia de ofrecerles los últimos avances de la tecnología de la animación simple.

EL ARTE DEL FLIPORAMA

MARCA PILKEY®

DRAMA

¡ASÍ ES COMO FUNCIONA!

Paso 1

Colocar la mano *izquierda* dentro de las líneas de puntos donde dice "AQUÍ MANO IZQUIERDA". Sujetar el libro abierto *del todo*.

Paso 2

Sujetar la página de la derecha entre el pulgar y el índice derechos (dentro de las líneas que dicen "AQUÍ PULGAR DERECHO").

Paso 3

Ahora agitar *rápidamente* la página de la derecha de un lado a otro hasta que parezca que la imagen está *animada*.

(¡Para un máximo rendimiento, añadir efectos sonoros personalizados!)

FLIPORAMA 1

(páginas 93 y 95)

Acuérdense de agitar *sólo* la página 93.
Mientras lo hacen, asegúrense de que
pueden ver la ilustración de
la página 93 y la de la página 95.
Si lo hacen deprisa, las dos
imágenes empezarán a parecer
una sola imagen *animada*.

¡No se olviden de añadir sus propios
efectos sonoros especiales!

AQUÍ MANO IZQUIERDA

SUPERPODERES SUPERELÁSTICOS CONTRA SUPERPODERES SUPERSIFÓNICOS

AQUÍ PULGAR DERECHO

SUPERPODERES SUPERELÁSTICOS CONTRA SUPERPODERES SUPERSIFÓNICOS

FLIPORAMA 2

(páginas 97 y 99)
Acuérdense de agitar *sólo* la página 97.
Mientras lo hacen, asegúrense de que pueden
ver la ilustración de la página 97 y la
de la página 99.
Si lo hacen deprisa, las dos imágenes
empezarán a parecer *una sola*
imagen *animada*.

¡No se olviden de añadir sus propios efectos
sonoros especiales!

AQUÍ MANO IZQUIERDA

¡¡¡HORROR!!!
¡EFECTO DEMOLEDOR DE LOS PUÑOS INODÓRICOS!

97

¡¡¡HORROR!!!
¡EFECTO DEMOLEDOR
DE LOS PUÑOS INODÓRICOS!

FLIPORAMA 1

(páginas 101 y 103)
Acuérdense de agitar *sólo* la página 101.
Mientras lo hacen, asegúrense de que
pueden ver la ilustración de la página 101
y la de la página 103.
Si lo hacen deprisa, las dos imágenes
empezarán a aparecer *una sola*
imagen *animada*.

¡No se olviden de añadir sus propios
efectos sonoros especiales!

AQUÍ MANO IZQUIERDA

¡EL TAZÓN CARNÍVORO
ATRAPA AL CAPITÁN!

AQUÍ
PULGAR
DERECHO

¡EL TAZÓN CARNÍVORO
ATRAPA AL CAPITÁN!

CAPÍTULO 18

EL BOLÍGRAFO MORADO
DE BERTO

Todo parecía perdido. ¡El Capitán Calzoncillos, en un traspié, había caído dentro de las fauces del Inodoro-Turbotrón 2000, y ahora el gigantesco inodoro iba directo hacia Jorge y Berto!

—¡Ja, ja, ja, ja, ja! —rió a carcajadas el poderoso depredador de cerámica—. ¡Muchachos, en cuanto los haya devorado a los dos, me apoderaré del mundo!

—¡Jamás, si podemos evitarlo! —chilló Jorge.

Jorge y Berto corrieron a refugiarse en la escuela y echaron el cerrojo de la puerta. El Inodoro-Turbotrón 2000 se puso a dar puñetazos y a rugir:

—¡No podrán estar ahí escondidos siempre, chicos!

Jorge y Berto fueron corriendo al gimnasio.

—Tengo un plan —dijo Jorge—. Tenemos que inventar un personaje que pueda derrotar a un robotinodoro gigante.

—¿Qué tal un roborinal gigante? —sugirió Berto— ¡Podríamos llamarlo Orinator!

—¡Imposible! —dijo Jorge—. Nunca nos dejarían hacer una cosa así en un libro para niños. ¡Y estamos ya en terreno resbaladizo!

—Está bien —aceptó Berto—. Entonces, ¿qué tal un robodesatascador gigante? Podría ir por ahí con un desatascador enorme y...

—¡Eso es! —gritó Jorge.

Así que Berto sacó su bolígrafo de color morado y se puso a dibujar.

—Ponle láser en los ojos —dijo Jorge.

—Bueno.

—Y ponle cohetes de propulsión turboatómica —pidió Jorge.

—Ya está —dijo Berto.

—Y haz que obedezca todas nuestras órdenes —añadió Jorge.

Berto terminó su dibujo y Jorge lo examinó detenidamente.

—Podría funcionar —murmuró.

—Pues sí —dijo Berto—. Si es que la CHATI 2000 aguanta.

Los dos chicos se volvieron a mirarla. La abollada, maltratada y destartalada máquina yacía en un rincón, caída sobre un costado. Jorge y Berto pusieron a la CHATI 2000 sobre sus patas y le limpiaron el polvo.

—CHATI, bonita, sé buena chica —dijo Jorge—. ¡Ahora te necesitamos de verdad!

—Eso es —dijo Berto—. ¡El futuro del planeta entero está en nuestras manos!

CAPÍTULO 19

EL INCREÍBLE ROBODESTASCOP

Jorge se apoderó del dibujo de Berto, lo colocó sobre la pantalla de la CHATI 2000 y apretó el botón de arranque.

Todas las luces se atenuaron cuando la fatigada máquina empezó a dar sacudidas y a echar humo. Centellearon chispas, se retumbaron estampidos y todo el gimnasio se tambaleó con las ondas de energía Hipo-Atomizarandeante Transglobulímica Infravioletomacroplastosa de la Cibercopiadora.

—¡Ánimo, CHATI! —gritó Jorge.

Por fin se oyó un ligero *ding* y la CHATI 2000 expulsó de su interior un enorme ser metálico que se puso de pie y se plantó ante Jorge y Berto con aire intrépido. Era el increíble Robodesatascop.

—¡Hurra! —exclamó Jorge— ¡Funcionó!

—¡Aún tienes cuerda para rato, CHATI! —la animó Berto— ¡Y ahora vamos ahí fuera a practicar un poco el juego del patadón con sifón al Inodoro-Turbotrón!

CAPÍTULO 20

CAPÍTULÓ DE LA MÁXIMA VIOLENCIA GRÁFICA 2ª PARTE (EN FLIPORAMA™)

ADVERTENCIA

El capítulo que sigue contiene escenas violentas de gran realismo en las que un inodoro gigante recibe patadas en su reluciente taza.

La secuencia de violencia inodórica se ha realizado bajo la plena supervisión de APRETIN (Asociación Protectora de Inodoros Indefensos).

Ningún inodoro real resultó lesionado durante la realización del presente capítulo.

FLIPORAMA 4

(páginas 113 y 115)
Acuérdense de agitar *sólo* la página 113.
Mientras lo hacen, asegúrense de que
pueden ver la ilustración de la página 113
y la de la página 115.
Si lo hacen deprisa, las dos imágenes
empezarán a parecer *una sola*
imagen *animada*.

¡No se olviden de añadir sus propios
efectos sonoros especiales!

AQUÍ MANO IZQUIERDA

¡EL INCREÍBLE ROBODESATASCOP CONTRAATACA!

AQUÍ
PULGAR
DERECHO

¡EL INCREÍBLE
ROBODESATASCOP
CONTRAATACA!

FLIPORAMA 5

(páginas 117 y 119)
Acuérdense de agitar *sólo* la página 117.
Mientras lo hacen, asegúrense de que
pueden ver la ilustración de la página 117
y la de la página 119.
Si lo hacen deprisa, las dos imágenes
empezarán a parecer *una sola*
imagen *animada*.

¡No se olviden de añadir sus propios efectos
sonoros especiales!

AQUÍ MANO IZQUIERDA

¡EL INCREÍBLE
ROBODESATASCOP
PRACTICA EL PATADÓN
CON SIFÓN!

AQUÍ
PULGAR
DERECHO

AQUÍ
ÍNDICE
DERECHO

¡EL INCREÍBLE
ROBODESATASCOP
PRACTICA EL PATADÓN
CON SIFÓN!

FLIPORAMA 6

(páginas 121 y 123)
Acuérdense de agitar *sólo* la página 121.
Mientras lo hacen, asegúrense de que
pueden ver la ilustración de la página 121
y la de la página 123.
Si lo hacen deprisa, las dos imágenes
empezarán a parecer *una sola*
imagen *animada*.

¡No se olviden de añadir sus propios
efectos sonoros especiales!

AQUÍ MANO IZQUIERDA

¡EL INODORO-TURBOTRÓN SE LLEVA UN ROBODESATASCÓN!

AQUÍ
PULGAR
DERECHO

¡EL INODORO-TURBOTRÓN SE LLEVA UN ROBODESATASCÓN!

CAPÍTULO 21

LO QUE PASÓ LUEGO

El increíble Robodesatascop había derrotado al diabólico Inodoro-Turbotrón 2000, pero los problemas de Jorge y Berto no habían terminado todavía. Metieron los brazos entre las melladas fauces del RT 2000 y sacaron de allí a su director.

—Pero *¿qué ha ocurrido aquí?* —exclamó el señor Carrasquilla—. ¡La escuela está destruida, los maestros están inconscientes y yo estoy en *calzoncillos*!

—¡Ay, no! —murmuró Berto—. Al Capitán Calzoncillos le debe de haber caído agua de la cisterna en la cabeza. ¡Se ha vuelto a convertir en el señor Carrasquilla!

Jorge sacó de su mochila la ropa y el peluquín del señor Carrasquilla y le devolvió todo a su propietario.

—¡Estoy arruinado! —gimoteó el director mientras se vestía—. ¡Me harán responsable de este desastre! ¡Perderé mi empleo!

—Puede que no —dijo Jorge—. Nosotros podríamos arreglarlo todo y poner orden en este desbarajuste.

—Exacto —corroboró Berto—. Pero a un cierto precio.

—¿A qué precio? —preguntó el señor Carrasquilla.

—Pues... —dijo Jorge—, quisiéramos que cancelara usted nuestra detención y nuestra expulsión.

—¡Y también queremos ser directores por un día! —añadió Berto.

—De acuerdo —dijo el señor Carrasquilla—. Si es verdad que pueden arreglarlo todo, ¡trato hecho!

Jorge y Berto fueron a hablar con el increíble Robodesatascop.

—Vamos a ver, robot —dijo Jorge—. ¡Danos una mano y limpia todo este lío!

—Eso es, y arregla también la escuela —continuó Berto—. ¡Usa el láser de los ojos para reparar las ventanas rotas y todo eso!

—Y cuando hayas terminado —dijo Jorge—, recoge los cuerpos del delito y llévatelos al planeta Urano.

—¡Y no vuelvas! —siguió Berto.

CAPÍTULO 22

CÓMO RESUMIR UNA LARGA HISTORIA

El robot obedeció.

CAPÍTULO 23

DESPUÉS DE LO
QUE PASÓ LUEGO

El increíble Robodesatascop se perdía ya en el espacio cuando los maestros empezaron a recuperar el conocimiento.

—Acabo de tener un sueño de lo más extraño —dijo la señora Pichote—. Unos diabólicos inodoros querían apoderarse del mundo.

—Nosotros soñamos lo mismo —se asombraron los demás maestros.

—Bueno —dijo el señor Carrasquilla—. ¡La historia ha terminado bien después de todo!

—Aún no —recordó Jorge—. ¡Es hora de la recompensa!

CAPÍTULO 24

DIRECTORES POR UN DÍA
(O LA CANCELACIÓN DE LA EXPULSIÓN TRAS LA DETENCIÓN POR LA CONVENCIÓN DE LA INVENCIÓN)

—¡Atención, alumnos! —dijo Jorge al día siguiente por el altavoz—. Soy el director Jorge. No tendrán que asistir a ninguna clase en todo el día. No habrá exámenes ni tareas y hoy todo el mundo tendrá buenas notas.

—Exacto —dijo el director Berto—. Además tendremos un recreo continuo, con pizza, papas fritas, algodón dulce gratis y un D.J. de verdad. ¡Ya pueden salir a jugar!

El director Jorge y el director Berto pasearon
por el patio para contemplar sus gloriosos
dominios. Jorge se apoderó de un trozo de pizza
de chorizo picante y Berto se preparó él mismo
un helado gigante de chocolate, vainilla y
castañas en el puesto de helados y batidos
Comecuantopuedas.

—¡Qué bien está esto de ser director! —dijo Jorge.

—Pues sí —dijo Berto—. ¡Ojalá pudiéramos ser directores todos los días!

uego, Jorge y Berto hicieron una visita a los desafortunados que habían sido castigados a escribir líneas todo el día en el aula de detención. Allí estaban todos los maestros, además del señor Carrasquilla y Gustavo Lumbreras.

El señor Carrasquilla podía observar por la ventana la juerga del día de recreo continuo que estaba teniendo lugar en el patio.

—¿Cómo piensan pagar ustedes solos tanto helado y tanta pizza? —preguntó.

No volveré a ser una pesada protestona.
No volveré a ser una pesada protestona.
No volveré a ser una pesada protestona.

¡No gritaré!
¡No gritaré!
¡No gritaré!
¡No

No seré una miserable chivata.
No seré una miserable chivata.

No seré entrometido.
No seré entrometido.
No

—¡Ah, hemos vendido algunas cosas! —dijo Berto.

—*¿Y qué han vendido?* —preguntó el señor Carrasquilla.

—La mesa antigua de nogal y el sillón de cuero de su despacho —respondió Jorge—, y todos los muebles de la sala de profesores.

—¿QUÉ? —aulló el señor Carrasquilla.

—Bueno... Creo que será mejor que nos vayamos —propuso Berto.

Seré muy, muy, muy, muy, muy, muy, muy, muy, muy, muy, muy, muy, muy encantador con Jorge el magnífico y con el fabuloso Berto. Seré muy, muy, muy, muy, muy, muy, muy, muy

Jorge y Berto salieron apresuradamente del aula de detención. La señorita Antipárrez los señaló y chasqueó los dedos:

¡Chasc!

—¡Vuelvan aquí ahora mismo! —vociferó.
—Ay, no —dijo Jorge—. La señorita Antipárrez acaba de chasquear los dedos, ¿verdad?

En cuestión de segundos, el señor Carrasquilla salió corriendo del aula de detención y atravesó como un rayo el vestíbulo en dirección a su despacho. En su cara se dibujaba una bobalicona sonrisa heroica harto conocida.

—¡Ay, no! —exclamó Berto.
—¡Otra vez! —dijo Jorge.

ACERCA DEL AUTOR

Cuando Dav Pilkey iba a la escuela primaria,
sus maestros pensaban que alteraba la clase,
que sufría un problema de comportamiento y
que necesitaba un cambio de actitud radical.

Cuando no estaba escribiendo frases en la sala
de detención, se lo podía encontrar sentado en
el escritorio privado que tenía en el pasillo.
Allí se pasaba horas escribiendo y dibujando
los cuentos originales de su
superhéroe, el Capitán Calzoncillos.

David siempre soñó con publicar un libro
sobre el Capitán Calzoncillos.
Ahora, ese sueño se ha hecho realidad...
¡dos veces!